UN
RAYON DE LUMIÈRE

POÉSIES DIVERSES

PAR

M. Paul-André AMBROGI

CORSE.

MARSEILLE

IMPRIMERIE ET LITHOGRAPHIE SENÉS
Rue Paradis, 36.

1859.

UN RAYON DE LUMIÈRE

POÉSIES DIVERSES

UN

RAYON DE LUMIÈRE

POÉSIES DIVERSES

PAR

M. Paul-André AMBROGI

CORSE.

MARSEILLE

IMPRIMERIE ET LITHOGRAPHIE SENÉS
Rue Paradis, 36.

1859.

AUX LECTEURS.

Chacun sait que toutes les vérités émanent de la vérité éternelle; le révélateur, le prophète, le poète, le penseur n'ont que le mérite de les découvrir, de les formuler et de les faire rayonner dans le monde.

Je ne suis rien, en comparaison des soleils de la pensée; cependant le vif désir d'être utile me donne la force de mêler un faible rayon à leurs flots de lumière.

L'idée brille sous toutes les formes : elle est à la forme ce que l'esprit est au corps. Le poète, dont la voix retentit dans le monde, dit :

« La forme, ô grand sculpteur, c'est tout et ce n'est rien. Ce n'est rien sans l'esprit, c'est tout avec l'idée. »

Ce qui est vrai pour la sculpture, ne l'est pas moins pour la poésie et même pour la politique. Ce qui me paraît certain, c'est que les lecteurs reconnaitront que ce recueil est selon la règle du cœur : la règle universelle de l'art.

CORSE, Ile Rousse, le 16 août 1859.

P. A. AMBROGI.

SOMMAIRE DES MATIÈRES.

INVOCATION.

Belle, tendre et divine amante du poète,
    Les astres sont tes yeux !
Ton manoir, l'Univers ! L'Univers, ta conquète,
    Et ton trône, les cieux !
Ta menaçante voix, c'est la voix du tonnerre !
    La voix de l'ouragan,
Des vents forts et des flots, se brisat comme verre !
    C'est le bruit du volcan,
Du canon, du tambour, le cliquetis des armes,
    Dans les sanglants combats !
Le claquement des flots qui fouettent les rames,
    Le craquement des mâts !
C'est le rugissement du lion en colère
    Qui va verser le sang,
Les yeux étincelants et la démarche fière :
    Et qui se bat le flanc.
Ta discordante voix, c'est la voix de la haine,
    La voix des nations,
Qui domine l'orgueil, que l'égoïsme entraîne
    Et qui souille leurs noms !
Ta voix qui vivifie est l'écho des idées,
    Portant le genre humain
Sur des ondes d'amour, par la croix présidées,
    Vers son but lointain !
C'est l'imposante voix de la conscience humaine,

Balayant les abus !
C'est la voix du Très-Haut que la lumière amène
Dans les cœurs corrompus !
C'est la voix du beffroi qui, bien au loin, résonne
Aux heures de danger :
Voix toujours alarmante et toujours monotone,
Criant : marchez, courez !
C'est la voix du héros sur le champ de bataille
Qui meurt pour le progrès !
C'est la voix de l'apôtre expirant sur la paille
Sans le moindre regret !
Et ta voix de bonté, d'amitié constante,
C'est le chant de l'oiseau,
Tel que le rossignol dont la musique enchante
A la ville, au hameau ;
C'est le bourdonnement de la soigneuse abeille
Aux beaux jours du printemps ;
C'est le bruit de l'outil, de l'outil qui réveille
Les petits et les grands ;
Qui fonctionne par l'eau, le feu, le vent, la bête,
Par l'électricité,
Et par d'autres agents dont l'homme est à la tête
Par sa capacité ;
C'est le chant des amants que la nature entière
Renferme dans son sein ;
C'est le chant des enfants aux saints jours de prière,
Tenant le Christ en main ;
C'est la touchante voix de la sensible femme,
Berçant l'enfant chéri !
Ce chant qui toujours charme et qui toujours enflamme
Et fait cesser le cri !
C'est la plaintive voix de tout ce qui respire
Dans le vaste Univers ;

C'est le chant d'allégresse et le chant de délire
      Dans les mondes divers.
Souris à tes amants, divine Poésie,
      Et donne-leur ton art ;
Fais que leur aliment soit toujours l'ambroisie ;
      Eloigne d'eux le fard,
Et que dans tous les lieux, l'amour pur les inspire
      De tes graves accents ;
Donne-leur l'instrument de l'éternelle lyre
      Pour diriger leurs chants ;
Et fais que l'Éternel reçoive leur hommage
      D'amour jusqu'au tombeau.
Donne-leur en tout temps bonté, force et courage ;
      Donne-leur le flambeau
De l'esprit qui triomphe, en éclairant les âmes.
      Un doux regard pour moi,
O belle et tendre amante ! afin que par tes flammes
      Je m'approche de toi.

15 Novembre 1858.

P. A. AMBROGI.

VÉRITÉ,

Progrès dans la Justice et dans la Charité.

L'homme répand l'esprit par le discours, le livre :
L'esprit de tous les temps que le monde doit suivre ;
L'esprit dont le foyer est l'âme des penseurs ;
L'esprit dont les rayons pénètrent dans les cœurs ;
L'esprit qui du pardon est la cause première ;
L'esprit d'humanité, d'éternelle lumière ;
L'esprit dont la bannière est toujours vérité,
Progrès dans la justice et dans la charité.
    Lorsque le préjugé veut imposer silence,
L'homme résiste alors, par la vertu, la science ;
Il combat la routine et proclame le droit ;
Rien ne peut l'effrayer, rien n'étouffe sa voix,
Et, comme le héros, dit : frappe ! mais écoute
La voix de vérité qui dissipe le doute,
Ou comme l'intrépide en face du voleur
Qui demande la bourse ou l'existence ! erreur :
Je veux garder la bourse et défendre ma vie !
Approche ! l'oses-tu ? je t'en ôte l'envie !
Ou bien comme l'apôtre, il lui dit : prends mon corps ;
Car mon âme t'échappe : elle échappe à la mort !
Or, l'homme qui se tait par indolence ou crainte
N'exerce pas le droit, au devoir porte atteinte ;
Il perd sa liberté : c'est un être passif ;
De son corps périssable, il devient le captif ;

Qu'il habite Paris, Washington, Péking, Rome,
Il faut bien l'avouer : l'homme cesse d'être homme !
Il se fait automate, agit comme un ressort,
Obéit au poignard ! Homme ! Est-ce là ton sort ?
 — De tous les préjugés quel est le plus nuisible ?
 — Pour une âme bien faite et pour un cœur sensible,
C'est l'infâme vengeance, enfantant l'assassin
Au nom sacré d'honneur ? Honte du genre humain !
 — Faut-il donc supporter les coups de l'insolence ?
 — Les tribunaux sont là pour réparer l'offense.
C'est ainsi que le faible à son tour devient fort :
La justice est pour lui, pour l'agresseur, le tort.
 Protéger l'innocent et punir le coupable ;
C'est la suprême loi, loi du juge équitable ;
C'est la base de l'ordre et de la liberté,
De la vraie harmonie et de l'égalité.
 Pardonner les affronts, ne provoquer personne,
C'est la fraternité que la vertu couronne.
 Le juge doit punir, l'homme doit pardonner.
On peut unir ainsi justice et charité.
 Justice et charité, soyez les bienvenues ;
Filles de l'Eternel, portez l'esprit aux nues
Sur un rayon d'étoile et donnez-lui la paix,
Comme elle est dans les cieux où son flambeau paraît !
Purifiez le cœur et dirigez le monde
A travers l'océan de la lutte profonde :
Portez l'idée en haut et la matière au fond
Par la divine loi que découvrit Newton,
Que la pomme, en tombant, révèle à son génie ;
Enfreindre cette loi, c'est troubler l'harmonie !
C'est vouloir abroyer la loi du Créateur !
C'est bâtir sur le sable, en adoptant l'erreur :
Où doit siéger l'esprit c'est poser la matière !

O sainte vérité, là n'est pas ta bannière !
L'esprit doit commander, le corps doit obéir,
Telle est la loi de Dieu, du penseur le désir ;
On peut avoir ainsi la paix et le bien-être :
La matière est savante et l'esprit en est maitre.
    La vengeance parut, ô provocation !
Le jour que tu fus reine et l'offensé, lion !
Le jour où n'étaient plus charité ni justice !
Le jour que ton pouvoir glorifiait le vice !
Or, l'esprit change tout, le but, la fonction :
La reine de nos temps se nomme opinion ;
C'est l'esprit qui la forme et qui refait les choses :
Il détruit les effets, en remontant aux causes.
    La Corse de nos jours ne verra plus le sang
Répandu sur le sol, jaillissant de son flanc !
La Corse se transforme et le monde l'admire !
Elle aime le génie, au bonheur elle aspire ;
La vendetta n'est plus synonyme d'honneur :
Elle est fille du crime et détruit le bonheur !
Au sein de la famille, à l'école primaire,
Au lycée, au collége et dans le séminaire,
A l'église surtout, dans les divers congrès,
On combat la vengeance, on défend le progrès ;
On bat les préjugés, on répand la lumière :
Le travail et la paix ont planté leur bannière ;
L'élan est unanime et partout, d'un regard,
On fait baisser les yeux aux amis du poignard ?
Inspirés par la foi, dirigés par la science,
Tous les hommes de cœur font guerre à la vengeance !
    Guerre à la Vendetta, c'est la voix de l'écho :
De vallée en vallée, au Monte-Rotondo,
Sa voix a retenti, comme fait le tonnerre,
Sa voix répètera dans tout le globe, guerre !

Pardon aux repentants, redit la charité :
C'est l'esprit de progrès, l'esprit d'humanité.
A ces divers accents dans l'île de la gloire,
La vendetta frémit, rappelle à sa mémoire
Le céleste horizon où brille le flambeau
Et dit à ses amis : on creuse mon tombeau !
— Par la force des lois, par l'attrait des idées,
Honneur à la justice, aux âmes dévouées.
Qui transforment les mœurs et creusent le sillon
Du vrai, du bien, du beau, dans l'immense horizon,
Tracé par Jésus-Christ d'un rayon de lumière :
Rayon qui part du ciel, aboutit à la terre,
Pour ramener l'esprit au séjour éternel,
Lorsque l'esprit est pur aux yeux de l'Eternel.

12 Décembre 1858.

P. A. AMBROGI.

LE CHANT DU BERGER CORSE.

De tout mon cœur je t'aime, ô Corse :
Je verserais mon sang pour ton bonheur !
J'ai l'énergie et j'ai la force :
Dans le danger, je n'aurai jamais peur !

Mon père a pris part à ta gloire :
Il me l'a dit assis sur un rocher !
Il m'a raconté ton histoire,
Pour m'enseigner comment je dois t'aimer?

Trois noms il a mis dans mon âme :
Pour tes enfants, ce sont trois aiguillons !
Dans les grands cœurs brûle ta flamme
D'un vif éclat pendant les tourbillons !

Trinité corse du génie,
Au premier rang te met l'opinion ?
L'amour sacré de la patrie
Amis en moi l'audace du lion ?

Ce fut Sampero, ton Guillaume :
Il fit pâlir tes cruels gouvernants ?
Il montra ce que peut un homme
Qui sait t'aimer et haïr les tyrans !

Mais tu ne brisas pas ta chaîne :
La trahison t'enleva Sampero ?
Vittolo, sicaire de Gène,
Tu descendis plus bas que le bourreau!

Dans un volcan tu mis au monde
Ton Paoli : ton héroïque enfant !
Il sentit la haine profonde,
Qui dévorait ton cœur indépendant !

A la montagne et dans la plaine
Il écrasa tes abjects gouverneurs !
Il rompit ta pesante chaîne,
Guérit ta plaie et fit cesser tes pleurs !

Ta gloire et ton bonheur, ô Corse,
Parmi les grands te firent des jaloux !
Hélas, l'étreinte de la force
Te fit plier de nouveau les genoux !

Mais ton regard toujours fébrile
A tes vainqueurs fit détourner les yeux !
Et ton âme noble et virile
Prit son essor et plana dans les cieux ?

Bientôt de la céleste nue
Se détacha ton esprit tout brillant,
Électrisa la terre émue
Et lui donna Napoléon-le-Grand !

Ta cause, ô ma noble patrie,
Doit triompher chez tous les peuples-rois,
Car la conscience humaine crie :
Justice et paix, unité dans la croix !

3 janvier 1859.

P. A. AMBROGI.

2

LE CRI DE L'AIGLE

SONNET.

Un peuple tout puissant, généreux, plein d'ardeur,
Bondit comme un lion, renverse broie un trône
Et s'arrête soudain ! En brisant la couronne
Il ébranle le monde en butte à la torpeur.

Ce peuple triomphant demande le bonheur
Au travail, à la paix : il ne veut plus d'aumône !
Il peut tout se donner ; mais la discorde tonne,
Hurle, répand le sang, enfante la terreur !

Les grands flots des partis alimentent la guerre,
S'engouffrent, moutonnant, faisant trembler la terre,
Agitant tous les cœurs, troublant tous les esprits !

Pendant cet ouragan, près du ciel l'Aigle plane
Et l'écho dans les airs fait résonner ses cris !
Le peuple lui répond : viens, tu n'es pas profane.

1859.

P. A. AMBROGI.

LE PREMIER DE L'AN 1859.

Trois cent soixante-cinq aurores,
Trois cent soixante-cinq soleils,
Et de scintillants météores,
Aux formes de disques vermeils,
Ont inondé de leur lumière
Le globe et la voûte des cieux !
Dans l'un et dans l'autre hémisphère
Les enfants ont ouvert les yeux !
Les rayons, frappant leurs paupières,
Ont reporté pour les parens
Trois cent soixante-cinq prières
Au Dieu qui prolonge les ans.
Comme eux, je fais une demande
Tous les jours au Père éternel !
C'est bien vous que je recommande,
Mon père et mère, au Dieu du ciel !
Le matin, le soleil se lève,
Va se coucher le soir dans l'eau ;
Les flots expirent sur la grève
Et dans l'air s'évanouit l'écho.
La mort arrive après la vie,
Comme la nuit après le jours :
A bien vivre Dieu nous convie
Pour mériter tout son amour.

Après l'enfance, la jeunesse,
Puis l'âge mûr et les vieux ans ;
Ah ! je veux aimer la sagesse
Pour Dieu, pour moi, pour mes parens !
La vie éternelle est au sage :
Dieu n'aime jamais le fripon !
Dieu veut qu'on soit bon à tout âge ;
Car le méchant, c'est le démon !

Veuillez agréer mes hommages
Dans ce jour du premier de l'an,
Père et mère, j'ai bien des gages
De votre amour toujours fervent !
Jamais je ne saurais déplaire
A qui je dois tant de bienfaits :
Tous les jours, pour vous, père et mère,
J'adresse à Dieu de bons souhaits ;
Et comme ils partent de mon âme,
Dieu voudra bien les écouter ;
Oh ! je serais un fils infâme
Si de moi je faisais douter.

Parents, croyez à mes prières
Comme je crois à l'Éternel ;
Pour vous elles sont bien sincères
Et mon amour est éternel.

P. A. AMBROGI.

LE PARDON.

Parfum de charité,
Emanation pure
Du Dieu de vérité,
Ta voie est la plus sûre.

Le pardon mène aux cieux,
A la paix sur la terre ;
Il est dans tous les lieux
Astre de nouvelle ère.

Cependant le méchant
Du pardon même abuse !
Il se fait insolent :
Le mal d'autrui l'amuse?

Comptant sur le pardon,
Il se plaît dans l'offense,
Applaudit au sermon
Qui frappe la vengeance :

Le pardon lui permet
De tout dire et de tout faire !
Et plus l'homme est parfait,
Plus il lui fait la guerre !

Il singe le lion,
Livre au vent sa crinière :
C'est le caméléon,
Le rebut de la terre !

Les noms d'humanité
Et de Dieu, de patrie,
De vertu, d'équité,
Sont pour lui l'utopie !

Il blesse la pudeur
De la candide fille,
Porte atteinte à l'honneur
De la chaste famille ;

Il se sert, le fripon,
Et de la calomnie
Et du vague *dit-on*
Pour troubler l'harmonie.

Il ne croit pas au ciel !
Il vit comme à Sodome !
Il ne jette que fiel
A la face de l'homme !

Il est méchant et sot
Et toujours il est lâche !
Le cœur n'est pas son lot :
Au péril, il se cache !

— Faut-il lui pardonner?
Dieu dit : aime et pardonne !
Laisse-moi tout donner :
Châtiment et couronne !

10 janvier 1859.

P. A. AMBROGI.

A UNE HIRONDELLE.

J'aime à te voir, hirondelle charmante !
Ton arrivée est l'aube du bonheur ;
Mais ton départ vivement me tourmente,
Et rien ne peut soulager ma douleur.

Tu fends les airs de tes ailes rapides ;
Ton vol anime et rend le ciel plus beau,
Et les flots bleus deviennent plus limpides,
Plus enchanteur est le bruit du ruisseau.

Tous ses attraits a perdu la nature
Quand tu t'en vas, et je verse des pleurs ;
Mais ton retour amène la verdure
Et les parfums, l'harmonie et les fleurs.

Tu n'aimes pas demeurer dans la cage
Le ciel, la mer, les vallons ombrageux
Sont le séjour où ton plaintif ramage
Dit aux humains : au ciel levez les yeux.

La liberté, c'est ta vie à tout âge ;
Tu la chéris, oiseau joli du Ciel !
La mort, la mort, plutôt que l'esclavage :
C'est ton refrain, ton hymne à l'Éternel.

Je suis rêveur, je vis dans le souffrance ;
Rien ne saurait m'apporter la gaîté !
C'est dans mon cœur que, pendant ton absence,
Je sens le vide, et mon sang agité.

Reviens, reviens, ô charmante hirondelle !
Les amandiers commencent à fleurir ;
Reviens, reviens, c'est ma voix qui t'appelle ;
Ne tarde pas, car je me sens mourir.

Viens sous le toit de mon humble demeure
Bâtir ton nid : je veillerai sur toi.........
J'entends tes cris...... oh ! de plaisir je pleure !
Ton arrivée a rallumé ma foi.

24 février 1859.

P. A. AMBROGI.

L'ÉTOILE.

L'astre du jour était sous l'horizon ;
Sous un beau ciel, je respirais la brise ;
Triste et rêveur, je foulais le gazon,
Près d'un rocher où la vague se brise.

Le firmament brillait de toutes parts ;
Il m'envoyait dans l'âme l'espérance :
Car les rayons qui frappaient mes regards
Me révélaient la divine puissance.

Un point brillant interrogeait mes yeux,
Charmait mon cœur et parlait à mon âme ;
Mais son langage était mystérieux.
O doux rayon, lui dis-je, ô douce flamme !
Peut-on savoir ce que l'on fait aux cieux ?

Dans ce moment un importun nuage
Cache l'étoile à la voûte du ciel ;
Et dans son flanc, j'entends gronder l'orage :
Tais-toi, dit-il, tais-toi, pauvre mortel ;

Pour lui parler, il faut quitter ce monde
Et s'élever à l'éternel séjour,
En traversant la limpide et belle onde
De la lumière et du beau feu d'amour.

Là ton esprit connaitra les mystères
Des habitants du monde au ciel d'azur,
En attendant, sois bon, fais des prières
Comme il convient quand on veut être pur.

Tout recueilli, j'élève ma pensée
Vers l'Eternel, principe et fin de tout ;
Sur le gazon, les perles de rosée
Me font sentir que je suis à genoux.

Au firmament n'était plus le nuage
Et je revis l'étoile étinceler ;
Pendant le jour, j'en conserve l'image ;
Tous les beaux soirs, j'aime à la contempler.

28 Février 1859.

P. A. AMBROGI.

LE DÉLUGE.

La foudre sillonne la nue,
De tous côtés se déchaînent les vents ;
La sombre nuit voile la terre émue,
Et l'eau du ciel fait naître les torrents ;

La mer hors de son lit s'élance
Et de ses flots, couvre les plus hauts monts,
L'avide mort sur l'onde se balance
Et dit : pervers, coulez, coulez au fond !

Vos cris, vos sanglots et vos larmes
N'arrêtent pas des vagues le courroux ;
Vous ne pouvez recourir à vos armes,
Vous ne pouvez que fléchir les genoux ;

Renoncez même à l'espérance :
Vous vous noyez malgré tous vos efforts ;
Ingrats humains ! pour vous plus de clémence :
Vous n'éprouvez ni regrets ni remords !

Le goût de la jouissance immonde
Et le plaisir de la perversité
Avaient éteint dès l'enfance du monde
Le sens moral et l'esprit d'équité.

Un juste survit au naufrage :
Il aimait Dieu, vivait selon sa loi ;
Et Dieu voulut récompenser le sage
Qui de son cœur fit un temple à la foi.

1859.

P. A. AMBROGI.

LA CONCEPTION.

Je vois mon univers que j'ai fait en six jours ;
Je voi chaque élément, comme je vois moi-même ;
Je vois l'immensité, les astres dans leur cours
     Orner mon diadême.

Je vois la terre et l'onde et tout le firmament,
La foudre et les éclairs, les volcans et l'orage,
La fleur et les roseaux et le chêne géant
     M'obéir d'âge en âge.

Je vois les habitants de la terre et des cieux
Se soumettre à mes lois, à mon désir suprême :
Ils vivent à jamais comme tous leurs aïeux :
     Chacun m'honore et m'aime.

Mais les humains ingrats ont oublié mon nom :
Le crime a le pouvoir, la justice est vendue ;
L'humanité descend dans l'abîme sans fond :
     Le vice l'a perdue.

La haine, la torture et Satan est son Dieu ;
C'est bien lui qu'elle adore et qu'elle aime, insensée.
La vertu sans abri ne trouve en aucun lieu
     L'écho de ma pensée.

Mon fils, je veux sauver le genre humain mourant ;
Je veux, je veux encor lui montrer ma clémence,
Et lui prouver enfin que je l'aime, inconstant,
     Et quelle est ma puissance.

La Vierge Immaculée est pour moi tout amour ;
Je veux que cette Vierge, ô mon fils, soit la mère ;
Je veux que de son sein jaillisse un nouveau jour
    Dans l'éternel mystère.

Marie aura toujours toute sa pureté ;
Pour trône elle a le mien ; sa parure est sans voile,
Et dans le sein elle a toi, pure vérité,
    Du genre humain l'étoile.

Belle Aurore de foi, d'inépuisable amour,
Donnons au genre humain la divine innocence
Sur la terre et les flots ; pour l'éternel séjour
    Donnons-lui l'espérance.

Et lorsque, par ton feu, le monde sera pur,
Satan sera vaincu, Satan mourra de rage,
Voyant briller le jour dans le beau ciel d'azur
    Sans éclairs, sans orage.

Vierge, espère en ton Dieu ; l'avenir est à toi ;
Tu régiras les cieux, l'océan et la terre
Par mon divin amour, mon éternelle loi,
    Sans lutte ni tonnerre.

Telle est, ma bien-aimée, espérance du Ciel,
Ta destination, ma pensée éclatante ;
Elle est impérissable, et je suis l'Éternel,
    Le juste est dans l'attente.

1858.

P. A. AMBROGI.

JE NE VOIS PAS DIEU ;
JE LE SENS DANS MON CŒUR.

Je ne vois pas le vent, le zéphyr, ni la brise,
  Ni le parfum des fleurs,
Ni le bruit cadencé de l'eau qui vient, se brise,
  Éparpille ses pleurs.

Je ne vois pas l'écho qui porte sur ses ailes
  Le râle de la mort.
Le chant du rossignol, le cri des hirondelles,
  L'hymne de joie au port.

Je ne vois pas le feu de l'amour, de la haine,
  Ni l'électricité,
Ni le chaud, ni le froid, ni la faim, ni la peine,
  Ni la douce gaîté.

Je ne vois pas les lois qui font tourner la terre,
  Les astres dans les cieux ;
La loi de l'harmonie et la loi du tonnerre
  Ne frappent pas mes yeux.

Je ne vois pas, hélas ! l'essence de mon âme
  Ni le siège du moi !
Ni le souffle de Dieu qui m'anime et m'enflamme
  D'espérance et de foi.

L'être immatériel est-il sans étendue ?
    C'est l'invisible point !
La matière a sa place et tombe sous la vue,
    Mais l'esprit n'en a point !

Je sens, je vois l'effet, je ne vois pas la cause :
    Tel est l'humain savoir !
Le Tout-Puissant voit tout et de tout il dispose
    Dans l'infini manoir.

J'ai voulu te chercher, ô Créateur des mondes,
    Dans les nuages bleus !
J'ai plongé mes regards dans les limpides ondes
    Et dans l'azur des cieux,

Dans les flots du soleil, la lueur de l'étoile,
    La clarté des éclairs !
J'ai rencontré toujours l'impénétrable voile,
    O Dieu de l'Univers !

En tout lieu, je n'ai vu que ton œuvre divine,
    Mystérieux auteur !
Je t'adore, ô mon Dieu ! je t'aime et je m'incline :
    Je te sens dans mon cœur.

1859.

P. A. AMBROGI.

LE VIEUX MONDE.

Le vieux monde vivait à l'instar de la brute :
Au profond égoïsme il s'était mis en butte,
    Ne pensait plus aux Dieux ;
Esclave du plaisir, il était en démence :
Les rayons des beaux-arts, les rayons de la science
    Ne frappaient plus ses yeux.

La nuit était partout, partout tonnait le crime :
L'humanité courait vers l'éternel abîme,
    Dans l'orgie et le sang ;
Dieu voulut la sauver ; Dieu prouva sa puissance,
Son Verbe s'incarna ; sans souiller son essence,
    Il prit le dernier rang ;

Son amour infini pénétra dans les âmes
Et dans les cœurs de glace il ralluma les flammes
    Du devoir et du droit.
Le pouvoir offensé de voir flétrir le vice
Juge le fils de Dieu au nom de la justice,
    Le condamne à la croix,

L'Homme-Dieu souffre tout : l'affront, la calomnie,
Et la faim, et la soif et l'infâme ironie,
    La torture et la mort.
Mais Jésus fait jaillir la divine étincelle
Qui dirige le monde à sa fin éternelle,
    Vers le céleste port.

3

Oui, Jésus, en mourant, enfante un nouveau monde,
Donne à l'humanité son sang qui la féconde
    Et la croix pour drapeau ;
Sa loi tout absolue est précise et bien claire :
Chacun peut la comprendre et chaque homme elle éclaire
    Jusqu'au jour du tombeau :

Enfants de Dieu, dit-il, hommes, vous êtes frères !
Votre loi, c'est l'amour ; de toutes vos misères
    L'amour vous guérira :
L'amour qui purifie et ne souille personne ;
L'amour qui du martyr a porté la couronne
    Toujours vous sauvera.

1859.

P. A. AMBROGI.

LE JUGEMENT DERNIER.

Soleil est l'univers ! Sa lumière éclatante
    Brille de toute part ;
La nuit a disparu comme une ombre, tremblante,
    Sous le divin regard ;
Le crime est sans abri : il n'est plus de ténèbres ;
    Il court épouvanté ;
Il ne voit devant lui que de longs jours funèbres,
    Des jours pleins de clarté.

Les vents ne soufflent plus, l'océan s'est fait glace
    Muets sont les volcans ;
Et dans l'immensité ne changent plus de place
    Les corps étincelants ;
Dans les nuages bleus sommeille le tonnerre :
    Il ne peut plus gronder ;
La nature se tait aux cieux et sur la terre ;
    Dieu, lui seul, veut parler.

La voix de l'Eternel n'est pas la voix tonnante
    Du tyran courroucé :
C'est la voix de bonté, de la justice aimante,
    Du père tendre offensé ;
C'est l'imposante voix qui parle à la conscience,
    Comme un rayon aux yeux :
Mystérieuse voix qui révèle la science,
    Montre aux âmes les cieux.

Ecoutez, écoutez votre juge suprême,
    Humains de tous les temps !
A lui seul appartient l'éternel diadême
    Convoité par Satan !
Ecoutez, écoutez, innocents et coupables !
    Ecoutez en tout lieu
Cette touchante voix, les arrêts équitables
    De l'infaillible Dieu,

Vos actes sont pesés dans la même balance :
    Vous êtes tous égaux ;
Du crime et des vertus naquit la différence.
    Sortez de vos tombeaux
Et reprenez vos corps, viles et nobles âmes.
    Humains, vous vous troublez ;
Vous voyez du volcan les dévorantes flammes
    Et de peur vous tremblez.

Oui, chacun doit avoir ce que valent ses œuvres
    Et ses intentions.
Traitres à votre Dieu, vos coupables manœuvres
    Vous livrent aux démons.
O justes, approchez : à vous est la victoire ;
    Contemplez l'Eternel ;
Jouissez du vrai bonheur, prenez part à la gloire
    De l'esprit éternel.

1859.

P. A. AMBROGI.

LE PRINTEMPS.

Le monde rajeunit et respire à son aise :
　　La nature n'est plus en deuil ;
Jours de glace ou de feu, vous donnez le malaise :
　　Le monde a franchi votre seuil ;
A grands flots se répand la sève de la vie :
　　Les amants chantent leurs amours ;
Leurs innombrables voix, pleines de mélodie,
　　Charment le globe dans son cours ;
Le souffle du printemps vient d'embaumer le monde ;
　　Son haleine fond les glaçons ;
Les vents impétueux ne tourmentent plus l'onde
　　Ni les forêts, ni les buissons ;
L'aurore, en se levant, voit des prés la verdure
　　Et reçoit le parfum des fleurs ;
De son brillant habit se revêt la nature,
　　Sourit et fait cesser les pleurs :
La plaine, les vallons, les côteaux, les vallées
　　Sont riches de belles moissons ;
Et gaîment les oiseaux chantent dans les allées,
　　Dans les eaux glissent les poissons.
Les capricieux agneaux sautent dans les prairies
　　Sous les vifs regards des bergers,
Assis sur le gazon, goûtant les rêveries
　　A l'ombre épaisse des vergers ;

Le murmure des ruisseaux et le bruit du feuillage
    Que la brise vient d'agiter,
Font un charmant concert, à **Dieu** rendent hommage
    Comme tous les êtres animés.
Le printemps montre Dieu dans toute sa puissance,
    Révèle au monde sa bonté ;
Le monde tout ému, plein de reconnaissance,
    Dit : honte à l'incrédulité.
Mais il est des humains dans de cellules sombres
    Où le printemps n'arrive pas !
Plongés dans le malheur, ils vivent dans les ombres
    Et dans l'attente du trépas !

1859.

P. A. AMBROGI.

LE CRI DU CŒUR.

AUX BRAVES D'ITALIE.

L'aurore du congrès a paru rayonnante ;
Pourquoi son beau soleil est-il resté caché ?
Buveurs de sang humain ! vous aimez la tourmente ;
Vous soulevez les flots, vous fêtez la bacchante
Et vous niez le Dieu que vous avez fâché !

Douteurs, vous affirmez : — La paix, c'est l'utopie,
L'espérance du faible et le rêve enchanteur
Que passent d'âge en âge à la monomanie
La doctrine de Christ et la philosophie ,
Mais l'histoire de faits est en notre faveur :

La conquête est la loi de toutes les puissances ;
Nulle part est la paix, partout sont les combats ;
Les traités solennels, les hautes conférences,
Le principe moral, et les arts et les sciences .
N'abrogeront jamais la loi des potentats.

— Les faits ne prouvent pas que la lutte sanglante
Soit la loi des états et de l'humanité :
L'éternelle raison, de sa voix frémissante,
Demande que la paix devienne permanente,
Et que son siège soit, en tout lieu, l'équité.

Si le Verbe éternel et la philosophie
Ne doivent pas servir de flambeaux aux humains,
Que reste-t-il? — La force, et la haine et l'orgie!
Le sang! le sang partout! partout la tyrannie!
Et partout le chaos: tous les crimes païens!

Or le divin esprit a créé la tendance
Du monde policé vers la féconde paix;
Ce monde a proposé la haute conférence;
Mais l'Autriche a dit non et fait brandir sa lance!
L'aveugle ne peut voir le soleil du progrès!

Se défendre est un droit, attaquer est un crime;
Porter secours au faible opprimé par le fort,
C'est un devoir sacré, c'est un acte sublime;
C'est l'élan des grands cœurs, du sentiment intime;
C'est répandre la vie où l'on sème la mort!

Tu veux troubler le monde, Autriche anti-chrétienne!
Ton gant vient de tomber sur le sol du Piémont;
La France le ramasse, elle accepte ta haine
Pour arracher le faible à ta pesante chaîne:
A la ville, au village, à la colline, au mont.

Hélas! les procédés sont d'un peuple barbare:
Les traces de tes pas sont des taches du sang
Que fait couler à flots, au bruit de ta fanfare,
Ton orgueil inhumain! l'égoïsme t'égare
Et te fait, de bien haut, tomber au dernier rang.

Tu te crois prévoyante, et tu n'es qu'insensée!
La déroute t'attend: regarde l'horizon !!!
Comment traduire en fait ta mortelle pensée?
Jamais tu ne pourras triompher de l'idée:
Tu fais horreur au monde, et Dieu maudit ton nom!

L'Italie a bondi, marche à l'indépendance :
Victor-Emmanuel, à l'empire des lois,
L'Europe l'encourage, applaudit à la France :
Tu veux la tyrannie, elle, la délivrance ;
Tu combats pour Satan, elle défend la croix.

Très-sainte est votre cause, ô braves d'Italie,
Déchirez et brûlez les arrêts du canon !
Brisez, brisez vos fers, mais fuyez l'anarchie :
Pour le devoir commun, soyez pleins d'énergie,
Et suivez vers le but le Grand Napoléon.

Il a quitté Paris, son fils, l'Impératrice,
Pour voler au danger, et dérider vos fronts,
Vous soustraire à jamais à la loi du caprice
Au nom du Tout-puissant, au nom de la justice,
Et de l'humanité, au nom de la raison.

Debout, marchez aussi, femmes italiennes !
Faites que dans l'histoire on inscrive vos noms :
Soignez tous les blessés, ô ferventes chrétiennes,
Et priez pour les morts ! ils ont brisé vos chaînes !
Chantez dans vos loisirs le Grand Napoléon.

Enfants, chantez aussi comme chantent vos mères,
Chantez, chantez, enfants, chantez à l'unisson,
Et vous serez un jour dignes fils de vos pères ;
Vous défendrez partout vos brillantes bannières ;
Mais n'oubliez jamais le Grand Napoléon.

Après avoir vaincu, braves, veillez encore :
Le soleil apparaît sur un vaste horizon ;
Mais le sombre brouillard peut venir à l'aurore
Vous cacher dans ses flancs le divin météore
Que vient de vous montrer le Grand Napoléon.

Fuyez la volupté, dissipez l'ignorance :
Le vice fait esclave et devient un poison ?
La vertu, le savoir fondent l'indépendance,
La conservent partout, lui donnent la puissance !
Aimez toujours, aimez le Grand Napoléon.

12 mai 1859.

P. A. AMBROGI.

LE SOLEIL DE LA LIBERTÉ

REPARAIT SUR L'HORIZON DE L'ITALIE.

L'astre éclatant du jour inonde de lumière
Le globe dans sa course et la voûte des cieux ;
Il fait briller les flots, abaisser la paupière
    A l'homme audacieux.

Le poète s'inspire aux ondes de lumière,
Reflète les rayons de l'éternel soleil ;
Il chante le Sauveur, son œuvre et son mystère,
    Sa mort et son réveil ;

Il chante les martyrs et la vertu sincère,
L'amour de la patrie et de l'humanité ;
Il chante les héros couchés dans la poussière ;
    Il chante l'équité ;

Il chante le talent, l'esprit et le génie,
La modeste beauté, la charmante pudeur,
La fierté sans orgueil, l'étonnante harmonie,
    Œuvre du Créateur ;

Il chante les soupirs et la joie et les larmes
Des petits et des grands, et l'amour et l'hymen,
Et la fleur qui sourit au printemps plein de charmes,
    Le lis sans lendemain ;

Il chante l'aigle fier, la timide hirondelle
Et le naïf agneau, la prairie et les bois ,
Les volcans et l'éclair, la flamme et l'étincelle
    Les saisons et les mois.

Il chante le désert, les étoiles, l'espace,
La brise et l'ouragan, les nuages d'azur ,
Le limpide ruisseau, la rosée et la glace
    Et le diamant pur.

Le barde, ô liberté, chante tout, chante et pleure :
Il sent et voit le vide et ne peut le combler ,
Aspire à l'infini jusqu'à sa dernière heure
    Et s'éteint sans trembler !

Le parfum de la fleur s'exhale du calice ;
Les larmes de chagrin s'échappent des beaux yeux ;
L'étincelant rayon à travers l'air se glisse
    Et l'éclair fend les cieux.

Et l'aigle aime à planer au-dessus des nuages,
D'où son regard profond sonde l'immensité ;
Par son aile puissante, il commande aux orages ;
    Son cri dit : liberté !

Liberté, liberté, saint berceau de la muse !
Bel astre de bonheur dans les siècles divers,
Salut ! donne-moi l'art, l'art qui jamais n'abuse
    De l'aiguillon des vers.

Fais jaillir de mon cœur la divine étincelle,
En l'embrasant du feu que donne ton amour :
Ton amour qui te fait d'âge en âge plus belle,
    Plus belle que le jour.

Rallume le foyer des ondes de lumière
Et répands les rayons d'azur et de soleil !
Sème la vie à flots, fais flotter ta bannière :
    C'est l'heure du réveil !

Sous la main des tyrans, tu rugis sur la rive,
Comme l'onde en courroux, et tu verses des pleurs !
Tu veux mourir plutôt que de vivre captive !
    Mourir comme les fleurs !

Le cri de désespoir que t'arrache la verge
Retentit dans le ciel où siège l'équité !
Dieu maudit tes bourreaux et rallume ton cierge,
    O sainte liberté !

La tyrannie alors, de sa dent de tigresse,
Te déchire les flancs et te met en lambeaux !
Mais tu ne peux mourir et comme la prêtresse
    Tu chantes les tombeaux !

Tu réveilles les morts par tes odes tonnantes ;
Tu mets dans leurs cerveaux l'esprit libérateur ;
Tu rappelles sans cesse à tous les sycophantes
    Le nom du Rédempteur.

Ils répondent toujours par l'éclair et l'épée,
Et te poussent partout sur le chant de la mort !
Mais tu fais les martyrs, les héros, l'épopée
    Et tu reviens au port.

Les tyrans effrontés t'accusent de leurs crimes !
Ils sèment la terreur en ouvrant les volcans ;
Ils font gronder la foudre et forment les abîmes :
    Ils soufflent tous les vents !

Et c'est toi, disent-ils, c'est toi qui fais l'orage ;
C'est toi qui mets le feu, qui fais le froid, le chaud ;
C'est toi qui bois le sang et qui vis du carnage
    Et bénis l'échaffaud !

Mais le souffle du temps a démasqué la ruse,
Et le crime est écrit sur les coupables fronts !
Ta vie est la vertu, que le temps jamais n'use,
    Qui brave les affronts !

Honte à qui prend ton nom pour servir l'injustice,
En mêlant le vinaigre aux rayons purs de miel !
Honte à qui rend hommage à l'idole du vice,
    En t'abreuvant de fiel !

La conscience a jugé ta cause souveraine ;
Tous les jours, tu grandis sous la voûte du ciel :
L'oppresseur est Caïn ! — Et n'es-tu pas la reine ?
    Caïn accuse Abel !

Dans l'espace ta voix devient pure et sonore,
Et le monde l'écoute et se fait ton amant :
Du midi jusqu'au pôle, au couchant, à l'aurore,
    Il répète ton chant ;

La brise et le zéphyr le porte sur leur aile,
A travers l'océan, les palais, les buissons,
Sous le ciel étoilé, séjour de l'hirondelle,
    Sous le ciel des glaçons.

Or cet hymne de pleurs, de joie et de délire
Est le parfum de l'âme et l'haleine du cœur !
Elle anime et rejouit, l'harmonieuse lyre !
    Et sourit de bonheur !

Je le vois suspendu sur ta bouche vermeille,
Ton sourire enchanteur ; tu reconnais ta voix
Dans le chant de l'écho qui charme ton oreille
    Et plait au roi des rois !

Tu reconnais ta voix dans la voix d'Italie,
Elle est mêlée aux cris, au râle de la mort,
Aux éclats de l'airain, aux accents de la vie
    Et du suprême effort !

Tu reconnais ta voix, la voix de la victoire,
La voix qui, frappant l'air, chante Montebello,
Palestro, Magenta : trois souvenirs de gloire,
    Trois noms dans un écho.

La marche des guerriers retentit aux montagnes,
Comme un sombre nuage où brillent les éclairs ;
Des tourbillons épais, dans de vastes campagnes,
    S'élèvent dans les airs.

C'est à Solferino, près du quadrilatère,
Que va gronder l'airain de sa tonnante voix
Et redire : à jamais, ô peuples de la terre,
    Je sers Satan, la croix !

Les drapeaux ennemis paraissent à l'aurore ?
Napoléon les voit et dit : « ils sont à nous !
Soldats, marchons, courons à la victoire encore !
    Autrichiens, à genoux ! »

Déjà la foudre luit ; le tonnerre accompagne
La fumée en tous lieux et l'ombre de la mort !
La sueur et le sang arrosent la campagne
    Où le cadavre dort !

Le soleil dans les flots plonge couvert d'un voile!
La flamme des canons s'éteint de toutes parts ;
Mais l'astre de la gloire apparait, se dévoile
    A tous les yeux hagards !

La terrible bataille est enfin décidée :
La victoire est au droit ; la honte, à l'oppresseur !
La France et l'Italie ont fait briller l'idée
    En frappant l'agresseur !

Six mille prisonniers, et trois riches bannières
Avec trente canons, sont pris par les héros !
Dans les deux camps, hélas ! On ferme des paupières ;
    On creuse des tombeaux !

La race des géants montre encor sa puissance :
Géants par le savoir et géants par le cœur,
Ils volent à l'assaut, gaîment comme à la danse,
    Chantant un hymne en chœur.

Des nuages d'encens s'élèvent de l'Eglise
Et portent dans leur sein le *Te Deum*, les vœux
A celui qui voit tout et qui tout harmonise
    Ici-bas dans les cieux.

L'avenir est à toi, liberté trois fois sainte !
En refoulant les flots du vampire en courroux,
La mère des beaux-arts a suivi ton empreinte,
    A brisé les verroux,

La France dignement soutient sa sœur amie
Par son glaive et son sang, par le magique nom !
La France, ô liberté, terrasse ton ennemie,
    La fait couler à fond !

O France ! ô ma patrie ! ô France magnanime !
Le monde te regarde et s'inspire à ta foi !
Héroïne, toujours ! Jamais pusillanime !
        La justice est ta loi !

    Pardonne, ô liberté ! Pardonne mon audace ;
Veuillez agréer le chant de mon obscure voix :
C'est le très-faible écho d'un enfant du Parnasse
        Et du mont de la croix.

30 Juin 1859.

                    P. A. AMBROGI.

A Mr J. MULTEDO.

Noble enfant de Cyrnos, harmonieuse lyre !
Sur des rayons d'azur ta voix arrive aux cieux ;
Le barde ailé des nuits, quand tu chantes, soupire,
Se tait pour mieux t'entendre et te cherche des yeux !

Tes accents ne sont plus des regrets ni des larmes !
Ton ode filiale est l'arôme du cœur ;
Et l'hymne à l'Italie est grave et plein de charmes :
Appollon a souri d'ineffable bonheur !

Et l'Ile de la gloire a l'âme dans la joie :
L'Arno fait résonner tes accords enchanteurs ;
Le monte Rotondo te salue et renvoie
Les échos, par la brise, aux superbes hauteurs.

Tes chants ont répandu l'amour et l'espérance ;
L'Aube des jours heureux rayonne dans Cyrnos ;
Thémis est sur son siège, en deuil est la vengeance ;
Ton nom ne mourra pas, ô barde des héros.

L'erreur seule aboutit, tôt ou tard dans le monde,
A la mort ! A la mort ! A l'éternel néant !
L'erreur, dans tous les lieux, envieuse, inféconde,
Entraîne les humains dans le gouffre béant !

La foudre éclate dans les nues,
Cherche à frapper vos têtes, ô géants !
Et par des causes bien connues
Vous fait tomber dans les gouffres béants ?
Fermez l'abîme et le cratère
Dans le congrès de haute humanité !
N'arrosez plus de sang la terre ;
Votre beau prix sera l'éternité !
O ma généreuse patrie,
Telle est la voix de tes humbles enfants !
C'est la divine rêverie
Des nobles cœurs et des bons gouvernants !
Toutes les âmes dévouées
Seconderont tes efforts vers le but ;
Les trames seront déjouées
Par ton regard, dès l'imposant début !
Le drapeau de la conférence
Flotte à Zurich dans la main du progrés.
En avant magnanime France !
Au but, au but, par l'arme du congrès.
Napoléon comprend ton âme ;
Par les élans de son cœur généreux,
Il veut alimenter ta flamme,
En aspirant à faire des heureux.
Il sait un moyen de conquêtes :
C'est de gagner les cœurs par les bienfaits ;
Il appaise ainsi les tempêtes
Dans le labeur, l'harmonie et la paix.
Hélas ! Si les vieilles écoles
Veulent encor faire hurler le canon,
C'est que l'ombre de leurs idoles
Cache à leurs yeux l'astre de la raison.

Dans les jours des sombres orages
Elles auront fatalement le sort
   De l'ancien monde et des faux sages,
Cherchant la vie au foyer de la mort.

15 Août 1859.

P. A. AMBROGI.